글벗시선162 이명주 두 번째 시집

커피
한 잔
할까요

이 명 주 지음

커피 한잔 할까요

글빛 이 명 주

그대 향기 그윽한 곳
알콩달콩 이야기꽃
상기된 붉은 얼굴
오롯이 당신 생각
그대여 그리움 담아
커피 한잔 할까요

달콤한 너의 입술
내 입술 닿을 때면
그대는 내 마음을
더욱더 그립게 해
우리의 흘러간 추억
아스라이 펼친다

- 2022년 4월

차 례

제2부 차를 마시며

제3부 사랑꽃

제4부 그곳에 가면

제5부 그리움 하나

제6부 예쁜 그녀

제1부

그대 생각

글빛으로(I)

하루도 쉬지 않고
글 사랑 품으시고
언제나 같은 시간
그대를 만난다오
붓끝에 큰마음 담아
하늘 위로 날지요

글 마음 나래 펼쳐
글꽃이 피어나면
환하게 고운 미소
감사히 바라보네
정성껏 가꾸어 핀 꽃
눈부시게 빛나요

하찮은 나의 글말
그대의 사랑으로
희망을 감싸 안고
힘있게 날아보네
훨훨훨 꿈의 날갯짓
글빛으로 피었네

꼬막무침

오동통 쫄깃쫄깃
야채를 송송 썰어
양념에 옷을 입혀
새콤달콤 무쳐내면
온 가족
행복한 밥상
웃음꽃이 핍니다

우와아 맛있다며
공주님 신이 나고
울 엄마 최고라며
엄지척 올려줄 때
활짝 핀
명주의 뜨락
사랑의 꿈 넘치네

연천 연가

한탄강 계곡 따라
태고의 신비로움
분단의 한을 안고
휴전선 가로질러
절벽과
수직 협곡이
변화무쌍 흐른다

푸른빛 재인폭포
광대의 슬픈 전설
찢기고 사무친 맘
임진강 품에 안겨
가슴 속
쌓인 그리움
그대 품에 잠든다

비 오는 날(1)

버스 안 창문 넘어
사진 속 풍경처럼
초록빛 물감으로
그림을 그려놓듯
유리창
떨어진 빗물
그대 얼굴 비치네

거리의 투명 물빛
살포시 받쳐주는
우산 위 멜로디는
빗소리 감미롭다
또르르
그리움 되어
내 가슴에 흐른다

커피 향기처럼

바닷가 예쁜 카페
펼쳐진 그림 한 폭
찻잔에 찰랑찰랑
그대의 엷은 미소
시원한
커피 한 잔에
그리움을 담는다

초록빛 바람결에
설레는 임의 향기
꽃들이 피고 지듯
번지는 커피 내음
그리움
끝없는 시간
쌉싸름한 그 사랑

당신이 그리울 땐

파아란 하늘 보며
하하하 웃고파요
당신도 나를 보며
허허허 웃어줘요
따뜻이 바라본 눈빛
태양처럼 빛나요

당신은 매일 나를
지켜봐 주실 거죠
어떻게 살고 있나
걱정은 하지 마요
파아란 희망을 찾아
꿈을 꾸며 살아요

자상한 당신 모습
언제나 내 편이죠
조용히 바라보며
하이얀 미소 지어요
오늘도 보고 싶어요
사랑하는 아버지

오동도에서

오동도 밤 바닷가
화려한 네온사인
고운 빛 야경들이
별이 되어 내려앉아
파아란
여수 밤바다
그리움에 물들다

화려한 어젯밤 꿈
차가운 고요함이
등 돌려 쓸쓸하게
아침을 깨웁니다
불빛에
가려진 고독
철썩철썩 웁니다

그대에게 쓰는 편지

좋은 날 그대에게
편지를 써봅니다
숨겨둔 마음 하나
살며시 열어두고
설렘은
가득 담고서
보고프다 씁니다

어떻게 써야 하나
썼다가 또 지우고
마음을 옮겨 놓고
그립다 써봅니다
먹먹한
마음에서는
눈물부터 흘러요

희미한 기억들은
아리는 통증으로
그리워 가슴 속에
남아서 바라봐요
얼룩진
내 마음 편지
고이 접어 둡니다

당신의 노래

당신은 퇴근길에
한잔 술 흥겨워서
콧노래 흥얼흥얼
골목길 들어서네
그 마음
나는 몰랐네
힘든 삶의 노래를

저 멀리 노랫소리
귓전에 맴도는데
목소리 간데 없고
풀벌레 울어댄다
옛노래
흘러나오면
울 아버지 만난다

트로트 찬가

쿵 짝짝 흥에 겨워
온몸을 흔들어요
콧노래 흥얼흥얼
엉덩이 실룩실룩
힘든 일 모두 잊고서
어깨춤을 춥시다

트로트 노랫가락
내 인생 묻어나고
애절한 리듬 속에
구슬픈 내 인생아
슬픈 일 모두 삼키고
흥겨웁게 부르자

구수한 노랫말에
우리 생 담겨있고
애절한 사연 속에
그리움 흘러간다
너와 나 함께 부르자
즐거웁게 웃어요

글빛으로(2)

글 쓰는 재미 찾아
그대를 따라가요
사랑의 글말 풀어
희망을 채웁니다
글 나눔
우리의 행복
아름답게 벙글다

생각을 바로 모아
글말에 담고 보니
글 속에 행복 있고
지혜도 배웁니다
나는요
날개를 펴고
꿈을 찾아 날아요

글 생각

마음에 담은 생각
글말로 풀어내고
가슴에 묻어둔 꿈
살며시 문을 연다
글 속에
향기를 담아
사랑으로 품지요

가슴에 담겨있는
아픔도 풀어내고
그리움 한 조각씩
글 속에 담아본다
지난날
외로움마저
아름답게 빛나요

낙화

똑똑똑 빗소리에
새벽잠 깨어나서
떠나간 옛사람이
그리워 눈물 나네
미련만
남겨놓은 채
떠나버린 임 모습

잊으려 애를 써면
또렷이 생각나서
초라한 내 모습을
애써서 감춥니다
이제는
떨어진 꽃잎
잊혀가는 그 얼굴

봄 동산에서

하이얀 백지 속에
연노랑 물감 찍어
희망의 밑그림을
조심히 그려본다
나무를
곱게 심어서
우거진 숲 만들다

나무 밑 들판에는
꽃그림 그려 넣고
너와 나 마주 앉아
행복한 꿈을 꾼다
백지 위
색을 채우듯
사랑 담는 봄 동산

여름을 만나다

강렬한 태양의 꽃
아롱진 눈빛으로
뜨거운 열정 품고
그대가 오신다네
시원한
바람과 함께
구름 타고 온대요

시원한 산천초목
그늘진 나무 밑에
너와 나 마주 앉아
흘린 땀 닦아주며
싱그런
자연을 품고
위로하는 즐거움

유월 단상

6월은 깔롱쟁이
나를 닮았나 봐요
초록옷 곱게 입고
앵둣빛 붉은 입술
알알이
멋 단장하고
임 만나러 간대요

분홍빛 드레스에
한 아름 장미 품고
초록빛 뜨락에서
그대를 기다려요
잔잔한
축복의 노래
마주 보며 걷지요

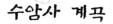

수암사 계곡

시냇물 졸졸 흘러
추억을 따라간다
떠나간 그리움이
간절히 보고프다
맑은 빛 가슴에 담아
그대 찾아 흐른다

그대가 떠난 자리
신록이 우거지고
시원한 그늘 되어
새롭게 맞아주네
힘든 일 벗어버리고
쉬어갈까 한다오

구름도 쉬어가고
바람도 멈춘 계곡
힘들면 주저앉아
들꽃도 바라본다
인생은 짧다는 것을
배우면서 즐겨요

그대 생각

희미한
기억들이
하나씩 떠오르면

당신의
밝은 미소
그 눈빛 그리워라

달콤한
목소리까지
생각나요 그대가

별빛 사랑

하루에 열두 번씩
그대가 그리워라
불안과 초조 속에
세월은 흘러가네
그 사랑
어디로 갔나
허공 속을 떠도네

세월이 약이라고
그 누가 말했던가
희미한 기억 속에
저만치 멀어지네
저 하늘
희미한 별빛
그대 모습 그리워

유월 마중

그대를 바라보면
웃음꽃 피어나요
당신의 노랫소리
오늘도 신이 나요
공원길
꽃과 새들의
합창 소리 들려요

들꽃이 춤을 추면
참새도 신이 나고
잠자던 아기풀꽃
방긋이 깨어나죠
바람도
흥에 겨워서
그대 마중 나가요

제2부

차를 마시며

청사초롱

별빛이 아스라이
가슴에 스며들고
어둡던 골목길을
환하게 밝혀주네
콧노래
흥얼거리며
찾아드는 안식처

꽃등에 불을 밝혀
환하게 웃어주듯
두 마음 마주 보며
한마음 밝힌 사랑
수줍은
보랏빛 순정
새초롬히 웃는다

축복의 날

축하해 축하해요
응원과 격려 속에
그 사랑 열정으로
고마움 보답해요
가득한
사랑의 인사
축복 속의 꽃다발

가슴에 오래오래
감사함 담고 담아
믿음에 부흥하는
예쁜 맘 꽃피우리
이웃과
사랑 나누며
감사하며 사는 삶

차를 마시며

따뜻한 그대 체온
마음에 전해 오면
설렌 맘 올랑올랑
임 향기 피어나고
마주한
그리움 하나
내 마음을 열지요

향기를 모아모아
그리움 불러오고
찻잔에 비친 얼굴
발그레 피어나면
달콤한
임의 향기에
스르르르 잠들죠

꽃향기 따라

교정에 들어서면
장미꽃 너울 따라
은은한 꽃향기가
바람에 날리운다
꿈동산
지혜의 숲에
희망나무 자란다

교실 안 꿈나무들
힘차게 노래하고
꽃보다 환한 웃음
우리의 밝은 미래
하하하
꿈을 나르는
희망 노래 부른다

그대와 손을 잡고

초록빛 오솔길을
그대와 손을 잡고
정답게 소곤소곤
사랑꽃 피우지요
우리가
걸어가는 길
꽃길 함께 걸어요

발길이 머무는 곳
행복꽃 피어나고
하늘엔 아기 구름
들판에 예쁜 꽃들
소소한
웃음 속에서
미래의 꿈 피지요

안갯속에 너와 나

보슬비 안갯속에
우산을 받쳐 들고
감성이 짙은 노래
마음을 적시는데
흐놀다
그대의 향기
젖어드는 그리움

너와 나 우산 속에
어깨를 마주하고
가슴이 두근두근
수줍은 사랑 고백
발그레
마주 웃으며
행복의 꿈 펼쳐요

헌 신발

처음에 만났을 때
예쁘다 쓰다듬고
하루도 빠짐없이
발맞춰 거닐더니
고운 임
데려와서는
눈길조차 뜸하네

서서히 나에게서
관심이 멀어지고
설렘이 줄어들어
그리움도 희미하다
내 마음
돌릴 수 없어
너를 잡고 묻는다

아무 말 하지 않고
고개만 푹 숙이고
뚝뚝뚝 흘린 눈물
아쉬움 때문일까
정든 뒤
떠나가는 맘
잊혀지는 외로움

금정산

산길을 나설 때는
가방에 욕심 넣고
사치도 가득 담아
무겁게 메고 가서
들꽃과
이야기하면
하나둘씩 비운다

자연에 몸을 싣고
가만히 걷다 보면
어느새 자연 닮은
예쁜 맘 생겨나고
내 마음
기쁨의 양식
사랑으로 꽃 피네

가방도 가벼워라
마음도 가벼워라
콧노래 흥얼흥얼
발길도 춤을 추네
행복한
마음의 여유
하루해가 저문다

찔레꽃

산사에 오르는 길
찔레꽃 만발하여
산길을 걸어가면
꽃향기 진동하네
이마에
맺힌 땀방울
바람결에 날리네

파아란 하늘 보며
방긋이 웃는 웃음
초록빛 어깨 너머
환하게 피었다네
찔레순
추억의 간식
언니 함께 만나요

봄날이 무르익어
연분홍 꽃이 필 때
하얀 꽃 소박한 꿈
그 향기 은은하네
그대의
사랑꽃 미소
그리움에 물드네

사랑의 정원

내 모습 그리워서
먼 길을 오셨군요
환하게 웃으면서
그대를 맞이해요
마주 본
서로의 사랑
무지갯빛 봄 동산

소박한 꽃동산에
나는 꽃 너는 나비
설레는 오색 물결
그리움 몽실몽실
꽃바람
여유로움에
방긋 웃는 그 마음

분홍낮달맞이꽃

햇살이 따스한 날
분홍빛 가슴 열어
너와 나 걷는 길목
셀레는 눈빛으로
그대의
무언의 사랑
서로 닮는 꽃향기

그대의 눈빛에서
사랑을 느낄 때면
떨리는 마음으로
오롯이 품은 사랑
조용히
함께 걸어요
나 그대를 믿어요

친구여

들판에 꽃이 피고
시냇가 맑은 물빛
그늘진 나무 밑에
돗자리 펼쳐 놓고
친구와
추억 이야기
하루해가 저무네

졸졸졸 물소리에
새들의 노랫소리
시원한 바람결에
춤추는 나뭇잎들
어릴 적
소풍 가던 길
그리워라 내 고향

카네이션

하늘빛 넓은 사랑
꽃처럼 예쁜 마음
오색빛 지혜 담아
따뜻이 보듬으니
봉오리
활짝 꽃피워
알찬 열매 맺었네

그리움 품은 가슴
글로써 풀어내고
당신의 힘찬 응원
마음에 빛이 되어
감사의
카네이션꽃
마음 담아 드려요

5월의 추억

산 위에 올라서서
사방을 둘러보니
초록빛 사이사이
찔레꽃 하얀 물결
고향길
산모롱이에
그리웁게 피었네

봄에는 산에 들에
친구들 손을 잡고
논두렁 밭두렁에
냉이랑 달래 캐면
엄마 손
된장국 끓여
행복밥상 받지요

꽃 피는 5월에는
울 엄마 그리워라
오일장 나가셔서
스타킹 주름치마
고운 옷
입혀 주시던
사랑 노래 그리워

그리운 어머니

마음에 등불 되어
힘들 땐 당신 생각
넘치는 사랑 받고
행복한 웃음 가득
온전히
받기만 한 사랑
나눔으로 살지요

가슴 속 깊은 마음
오롯이 담고 담아
표현은 서툴러도
언제나 감사한 맘
그리워
불러 봅니다
사랑해요 어머니

사랑 여우별

힘든 길 걸어와도
입가엔 환한 미소
착하게 곱게 자라
어여쁜 미소 짓네
예뻐라
향기로운 꽃
나비떼도 춤추네

까르륵 웃음소리
뽀오얀 고운 얼굴
어두움 밝혀주는
눈동자 반짝반짝
사랑별
환한 미소에
둥근달이 떴지요

웃으며 살랑살랑
내 품에 안길 때면
힘든 일 모든 시련
눈 녹듯 사라지네
마음에
날개를 달아
하늘까지 날지요

스승의 날

글벗의 가르침에
글빛에 꽃이 피고
배려와 따뜻한 맘
감사로 보답해요
글 나눔
아름다운 꿈
고마워요 스승님

고맙다 감사하다
말로는 부족해서
마음속 존경한 맘
표현은 못했어도
가르침
늘 고마움 맘
가슴속에 품어요

행복 걷기

힘든 일
나눌 때면
그 아픔 줄어들고

좋은 일
함께하면
행복이 두 배 되죠

서로를
바라보는 삶
행복한 날 꿈꿔요

그대에게 가는 길

햇살이 눈부신 날
설레는 봄의 향기

그리운 임을 찾아
먼 길을 달려왔네

그대의
웃는 모습에
봄꽃으로 물드네

그대가 반겨주니
설렌 맘 두근두근

서로가 나눈 약속
달콤한 눈빛으로

따뜻한
우리의 사랑
마음으로 꽃 피네

거제도에서

거제도 물빛 하늘
힐링의 남파랑 길
싱그런 바다 향기
눈앞에 펼친 풍경
유람선
해금강 향해
우정 싣고 달린다

바다와 해안절벽
신기한 기암괴석
한 바퀴 돌아보니
풍경이 눈부시다
도장포
바람의 언덕
멋진 추억 담는다

제3부

사랑꽃

민들레(1)

지나던 길모퉁이
외롭게 피었다가
홀씨는 바람 따라
두둥실 떠나는 삶
하이얀
나비가 되어
행복 찾아 날아요

바람에 몸을 싣고
떠나는 여행 길목
초록에 물든 들판
노란빛 맑은 눈물
훨훨훨
잉크빛 하늘
꿈을 싣고 날지요

민들레 (2)

시멘트 담 사이로
빼꼼히 착한 얼굴
작지만 강한 모습
반갑다 노란 웃음
한 아름
하늘을 안고
아픔 속에 웃는다

꽃대궁 높이 올라
바람에 흔들리면
무채색 하얀 솜털
반짝반짝 눈부시다
먼 곳에
꽃씨를 날려
희망의 꿈 나른다

초록빛 사랑

나는요
그대에겐
언제나 초록 불빛

비 와도
눈이 와도
초록빛 밝혀놓고

그대가
내게 오는 길
언제든지 행복길

꽃바람

봉우리 품은 가슴
엊그제 같은 사랑
어느새 활짝 피어
한 잎 두 잎 떨어지고
하이얀
구름꽃 되어
하늘 위로 흐르네

꽃송이 떨어지는
아쉬움 눈물 모아
초록빛 새싹 돋아
햇살에 반짝반짝
연초록
나비가 되어
나풀나풀 나르네

진달래

새까만 긴 속눈썹
분홍빛 붉은 입술
예쁘게 화장하듯
미소 띤 고운 얼굴
진달래
수줍은 고백
나도 네가 참 좋다

봄 오면 그리워라
진달래 꽃길 걷고
산자락 바람결에
세상은 꽃물 들다
따스한
햇살 머금고
부끄럼을 감춘다

쌀가루 익반죽에
둥글게 빚은 정성
진달래 꽃잎 얹어
눈으로 맛을 보네
예뻐라
이 봄 가기 전
그리움을 담는다

어미 새

어미 손 떠난 세월
몇 해가 지났어도
언제나 그대 걱정
하루가 궁금하네
그대여
잘 있는 거지
행복하게 살아요

언제쯤 오시려나
내 사랑 예쁜 그대
보고파 그리워서
불러보는 이름이여
힘내요
잘 챙겨 먹고
건강하게 지내요

제비꽃

조그만 바위 틈새
뿌리를 내려놓고
수줍게 웃는 모습
그대를 사랑해요
제비꽃 보랏빛 웃음
당신처럼 예뻐요

가녀린 여인처럼
한복을 곱게 입고
희망의 꿈을 꾸며
기쁨을 안겨주죠
새봄의 소망을 담은
청초함이 좋아요

나란히 올망졸망
다정한 어깨동무
이른 봄 뜻을 모은
뜨거운 진실 하나
큰 기쁨 봄을 데려와
사랑꽃이 될게요

벚꽃

그대가 그리울 땐
하늘을 쳐다봐요
하이얀 별빛들은
그대의 눈빛처럼
가만히
희번덕 반짝
하얀 미소 보내요

마음만 남겨두고
꽃비로 떠난 그대
가슴에 품은 사랑
아직도 그리워요
아쉬워
나지막하게
그대 이름 불러요

연오랑세오녀

기차에 몸을 싣고
떠나는 포항 여행
풍요한 힐링 속에
미래를 꿈꾸지요
자연의
풍경 속으로
아름답게 물들다

해안가 둘레 길에
갈매기 춤을 추고
향긋한 미역 냄새
바람에 실려 오면
잔잔한
파도 소리에
엄마 냄새 그립다

활력이 살아있는
밝은 꿈 죽도 시장
따뜻한 사람 향기
활기찬 삶의 터전
넘치는
행복한 마음
안다미로 나눈다

그대를 만나는 날

그대를 만나는 날
햇살이 발그스레
예쁘게 화장하고
사뿐히 마중 가요
방긋이
마주한 그대
행복한 꽃 속에서

꽃내음 향기 따라
바람도 따스해라
그대와 손을 잡고
신나게 떠난 여행
온 누리
예쁜 꽃다발
사랑 고백 받는 날

사랑꽃

언제나 좋아해요
매일 봐도 설레요
내 마음 콩닥콩닥
생각으로 큰 웃음
예뻐요
투정부려도
많이많이 사랑해

추위에 내민 입술
파르르 떠는 몸짓
살짝궁 벙근 미소
내 볼에 입 맞춰요
귓전에
속삭이는 말
사랑해요 영원히

사랑꽃(2)

비 내린 촉촉한 땅
꽃씨를 심었어요
정성껏 가꾸어서
새싹이 파릇파릇
분홍빛
꽃이 피도록
사랑 노래 불러요

내 마음 설렘 가득
뜨겁게 달군 사랑
우리 맘 알콩달콩
손가락 걸어놓고
토라진
미운 마음은
꽃이 되어 웃지요

사랑꽃(3)

봄날에
나 그리워
보고 싶지 않나요

공원에
꼭 오시어요
꽃 피고 있을게요

당신이
보고 싶어서
기다리고 있어요

사랑꽃(4)

당신과 손을 잡고
함께한 지난 세월
행복꽃 키워내며
바라본 깊은 마음
감사해
행복한 둥지
한결같은 내 사랑

행복꽃 바라보니
가슴이 뭉클뭉클
곱구나 예쁘구나
곱게도 피었다네
언제나
꽃길만 걸어요
사랑으로 피는 꽃

향기로 보답하니
기쁨이 두 배로다
감사해 곱게 피어
어미 맘 풍년이네
건강한
앞으로의 삶
기쁨으로 응원해

사랑꽃(5)

나는요 그대 만나
사랑꽃으로 피고
그대는 나를 만나
웃음꽃 만발해요
둘이서
걸어가는 길
아름다운 꽃동산

그대는 나의 행복
하늘이 맺은 인연
감사한 축복으로
가슴에 품은 사랑
소중히
가꾸어봐요
행복 찾아 가는 길

사랑꽃(6)

내 마음 어찌 알고
먼 길을 오셨나요
보고파 그리워서
달려온 그대 사랑
뚝뚝뚝
흐느낀 눈물
아름다운 사랑꽃

손잡고 걷는 거리
신이 나 하하 호호
마주친 눈빛마다
사랑이 오글오글
하하하
행복한 웃음
꿈을 꾸듯 담지요

아쉬움 남겨놓고
돌아선 걸음걸음
붙잡지 못한 마음
애타고 안타까워
꿈꾸는
사랑을 위해
인내하며 피는 꽃

산수유(1)

봄에는
노랑꽃이
나무에 올망졸망

가을엔
주렁주렁
탐스러운 붉은 루비

산수유
건강한 웃음
팔방미인이지요

산수유(2)

노란 꽃
터트리며
봄소식 알려오고

산수유
꽃핀 자리
열매가 주렁주렁

빨갛게
앙증맞은 꿈
새콤달콤 달렸네

목련화(1)

순백의
꽃잎마다
그리움 가득 담아

진줏빛
고운 꽃등
바람결에 띄워요

당신이
오시는 걸음
발길 따라 웃지요

목련화(2)

밤새워
기다려도
내 임은 오지 않고

봄비에
한잎 두잎
뚝뚝뚝 흘린 눈물

서럽게
내려앉는다
날개 젖은 흰나비

제4부

그곳에 가면

별꽃

연둣빛
흘러 흘러
생기로 돋아나고

대지 위
하얀 물결
눈부신 별빛 되어

쇠별꽃
햇살 보듬고
앙증맞게 피었네

나의 봄날

삭풍이
지난 자리
홀씨로 앉은 그대

앙가슴
흘러 흘러
촉촉이 젖은 얼굴

송송송
살랑거리며
곱게 곱게 웃지요

봄 마중

내 마음
두근두근
그대 때문일까요

내 마음
싱숭생숭
그 사랑 때문일까요

나는야
꽃으로 펴요
나비 되어 만나요

등산 인생

위험한 숨바꼭질
심장이 쫄깃쫄깃
뾰족한 바위마다
숨죽여 살금살금
친구가
걱정입니다
조심조심 오세요

옥녀봉 가는 길이
험하여 아찔아찔
내딛는 걸음마다
가슴이 찌릿찌릿
내 인생
출렁다리는
노심초사 걷는 길

선물 같은 오늘

아침에 눈을 뜨면
행복한 나의 세상
햇살이 미소 짓고
그대가 반겨주고
고마운
오늘의 선물
보람된 삶 꿈꿔요

분주한 출근 준비
그대와 손을 잡고
시간에 쫓기지만
발걸음 신이 나요
꿈 찾아
떠나는 여행
희망에 찬 나의 삶

매화꽃

다섯 장
굳은 절개
순수한 백색 꽃잎

덧없이
피고 져도
어여쁜 팔방미인

댓잎을
비녀에 새긴
일편단심 매화잠(梅花簪)

사랑도 우정

사랑도 뱃길 따라
단숨에 달려왔네
떨리는 숨결마다
고마움 배어난다
통통통
뱃고동 소리
우정으로 숨 쉰다

하룻길 어깨동무
우정이 향기롭다
즐겁게 건강 챙겨
꽃 구경 가자꾸나
하하하
웃음소리에
행복하나 띄운다

힘이 들 때면

힘들 때 기대고픈
당신의 넓은 어깨
언제나 힘이 들면
쉼터가 되어주오
쉼 하고
일어날 때면
나의 어깨 기대요

그대가 힘들 때면
내 손을 잡아봐요
따뜻한 마음으로
포근히 감쌀게요
아무 말
하지 말아요
그대 마음 알아요

보문단지를 거닐며

나부끼는 바람에
뜨거운 심장소리
그리움 꽃잎 피듯
숨죽여 달려오면
뜨거운
심장의 열기
꽃비처럼 내리네

다정히 손을 잡고
거닐던 보문단지
사랑의 노랫소리
귓전에 속삭일 때
봉긋이
피어오르는
쪽빛 숨결 움터요

고향길 순매원

추억의 기찻길을
떨리는 가슴 안고
봄맞이 떠나는 별
낙동강 줄기 따라
겨우내
품은 그리움
임 소식에 벙글다

따뜻한 햇살 아래
단아한 연분홍빛
꼭 다문 입술 열어
봄바람 입 맞출 때
떨어진
눈물도 이쁜
봄의 여인 매화여

경주의 봄

가슴이
따뜻한 봄
마음이 뛰는 봄봄

그 옛날
사랑 애기
가슴에 품은 추억

가만히
품고 싶은 봄
그대 사랑 오롯이

코로나19

코로나
힘들지요
모두가 힘을 모아

모두가
또 한 마음
손 씻고 거리 두기

내일은
행복한 웃음
마스크를 벗는 날

행복

행복은
무엇일까
열심히 찾아보니

자식들
옹기종기
하하하 웃음소리

사랑이
가득한 가정
우리 집이 최고지

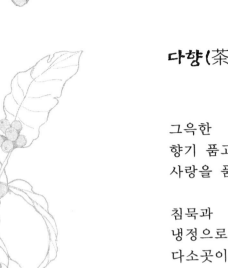

다향(茶香)

그윽한
향기 품고
사랑을 품은 채로

침묵과
냉정으로
다소곳이 식힌 열정

청아한
찻잔의 물빛
홀로 품은 그리움

만남

설레는
마음으로
고운 임 기다리네

활짝 핀
마음 열고
내 임을 맞으리라

내 임이
오시는 날은
행복 가득 좋은 날

개망초

달빛에
흐드러져
날 보며 환히 웃다

어둠을
불 밝히듯
마중 온 임 같아라

뽀오얀
그대의 미소
나의 등불 되었네

비 오는 거리

거리의
투명 물빛
우산 위 흐르는 꿈

살포시
받쳐주는
빗소리 감미롭다

또르르
그리운 추억
내 가슴에 흐른다

캐모마일

지금도 나의 마음
설레는 그대 생각
따뜻한 꽃잎 띄워
그대와 마주하네
아 좋다
그대의 눈빛
캐모마일 담는다

연푸른 청아한 빛
허브향 그윽하다
떨리며 잡은 찻잔
느끼는 그대 숨결
못 잊어
그대의 향기
어제처럼 그립다

그곳에 가면
- 종자와시인박물관에서

발걸음 사뿐사뿐
꽃길만 걸어가요
다정한 웃음 속에
사방을 둘러보면
곳곳에
사랑의 손길
그대 마음 느껴요

사랑을 가득 담고
글 동산 만들어서
글말의 꿈을 싣고
글 나눔 동행하니
고마운
그대의 맘에
씨앗 한 알 심는다

정성껏 가꾼 꽃잎
찻잔에 고이 담아
노오란 메리골드
향기에 취해본다
그윽한
그대의 사랑
마주 보며 마신다

종자와 시인 박물관에서

연천의 산기슭에
흙 내음 품은 씨앗
황금빛 꽃물 따라
사뿐히 찾아들면
황홀한 메리골드향
감사함에 젖는다

시인의 마음 쉼터
글 나눔 희망 담고
씨앗에 쏟은 정성
미래의 꽃이 피다
박물관 종자와 시인
꿈을 실어 나른다

어여쁜 꽃잎 따서
꽃차로 나눔하고
다정한 격려 속에
동행의 길을 걷다
감사한 당신의 배려
나의 꿈도 커간다

제5부

그리움 하나

그리움 하나

커피를 마실 때면
그대가 보입니다
까아만 커피 속에
따뜻한 그대 미소
그 얼굴
사라질까 봐
눈을 뗄 수 없어요

향긋한 커피 향기
내 마음 적셔올 때
묻어둔 보고픔이
향기에 매달려요
피어난
그리움 하나
하루해가 저물죠

천사의 날개

투명한
날개 펴고
마음껏 날아봐요

임 만나는
그곳까지
훨훨훨 날아가면
보고픈
임 만나는 날
천사 되어 웃지요

커피 향 따라

솔솔 솔 부는 바람
그대의 향기 따라
경쾌한 발소리가
그곳에 멈춰 서요
이것이
사랑인가 봐
올랑올랑 설레요

살며시 바라보면
배시시 웃는 인연
그 마음 내 마음에
오롯이 닿았을 때
아무 말
하지 못한 채
폭 빠져든 내 마음

원피스

우연히 만난 인연
첫눈에 반했어요
살짝이 바라보며
남몰래 품은 연정
오늘도
애만 태우다
돌아서면 그립네

그리워 품고 싶어
애간장 태우다가
불타는 사랑으로
다정히 너를 입다
살포시
하늘거리며
꽃잠자며 눕는다

유월의 숲길

끝없는 초록 숲길
시원한 시냇가에
매미의 합창 소리에
추억은 꽃이 피고
유월의
산천초목은
아름답고 푸르다

초록빛 풀잎 위에
햇살을 내려놓고
눈부신 산수국꽃
곱게도 웃어주네
들꽃과
풀 내음 담고
스며드는 그리움

잘 있지 잘 지내지
그리운 내 친구들
추억 길 함께 못한
아쉬움 가득하네
함박꽃
미소 머금고
동행하면 좋겠네

사랑은 와인처럼

어두운 터널 속에
사랑이 피었다네
달콤한 와인 향에
설렘이 숨 쉽니다
빠알간
정열 속에서
익어가는 그 사랑

알알이 영근 사랑
올올이 정성 담아
한 올씩 엮어 가듯
숙성된 우리의 삶
감 와인
인생과 같은
익어가는 달콤함

청도에서 와인을 만나다

청도의 꿈 와인 동굴
달달한 홍시 향기
볼거리 가득 담아
사랑을 전해주네
한 잔에
미소 한가득
새록새록 드는 정

엄청난 소원 터널
백만인 소망 적고
커다란 와인 병에
사랑의 약속 담네
터널 속
오색 빛처럼
쌓여가는 추억 길

잠에서 깨어나

창문 밖
스쳐오는
은은한 풀꽃 내음

짹짹짹
지저귀는
새들의 노랫소리

그리움
아롱진 아침
내 가슴에 안긴다

글벗에게

한 단어
또한 단어
글말을 곱게 엮어

글벗과
동행하니
기쁨이 두 배로다

글빛 맘
소복이 담아
글벗에게 전하오

능소화

애간장 태워가며
간절히 기다린 임
그대가 보고 싶어
담장에 기대서네
언제쯤
오시려나요
꽃등 켜고 빕니다

스치는 바람결에
혹시나 임 오실까
세월을 넘고 넘어
임 마중 기다려요
주홍빛
애절한 사랑
곱게곱게 피었네

밤낮을 기다려도
내 임은 오지 않고
애절한 붉은 열정
이루지 못한 사랑
나 한번
바라봐주오
흐드러진 꽃망울

행복을 꿈꾸며

날마다
글꽃 피워
글벗이 넘쳐나고

글 마음
마주 보며
행복을 꿈꿉니다

글벗과
글빛의 동행
꽃이 피는 글마루

비 오는 날의 추억

나란히 손을 잡고
설레는 대구 여행
웃음꽃 행복 가득
사랑꽃 활짝 피다
김광석 삶의 노래가
애절하게 흐른다

우산 속 너와 나는
빗속의 연인 되어
젖어 든 머리카락
살며시 닦아주다
못 잊을 추억 속에서
그리움만 삼킨다

떠나는 뒷모습이
아쉽고 그리워도
좋은 날 다시 만날
설렘을 가슴 품다
그리움 장맛비처럼
추억 속에 젖는다

코스모스

파아란 하늘에는
흰 구름 흘러가고
다정히 손을 잡고
길섶을 거닐었네
가녀린
첫사랑 닮은
그리움이 피었네

미소가 곱디고운
하이얀 코스모스
청초한 네가 있어
하늘이 더 푸르다
연분홍
수줍은 몸짓
멋진 가을 수놓네

그리움 깊고 깊은
보랏빛 코스모스
실바람 한들한들
갈 편지 쓰고 있네
소녀의
수줍은 순정
하늘하늘 예쁘다

글벗 만남

아침에 눈을 뜨면
글밭에 달려가요
언제나 같은 마음
글벗을 기다리죠
서로를 사랑하면서
가꾸는 맘 글빛 꿈

글벗의 아침 인사
언제나 힘이 되죠
오늘도 함께하니
행복이 가득해요
갈래별 만나는 기쁨
근심 걱정 없어요

내 눈물 닦아주는
글벗의 위로 속에
글말로 용기 주니
외로움 사라져요
입가엔 웃음 한가득
하루해가 짧아요

빗속에 둘이서

1
빗소리 들으면서
나 혼자 걷는 이길
다정히 우산 속에
너와 나 거닐던 길
아련한
추억 속에서
잊지 못할 그 날들

2
장맛비 우두 두둑
밤잠을 깨웁니다
가슴속 한 켠에서
그리움 스며들고
옛 추억
기억만 남아
맘 설레는 너와 나

수국

1
그리움 몽글몽글
소복이 담은 얼굴
흰나비 나풀나풀
내 안에 깨어나다
꽃 속에 또 다른 얼굴
하나둘씩 웃는다

2
꽃 속에 웃는 얼굴
서로가 미소 짓다
온 가족 옹기종기
얼굴을 맞댄 아침
사랑의 꽃을 피우듯
마음 모은 꽃송이

3
하나의 꽃송이에
천 개의 다른 얼굴
동그란 함박웃음
넉넉한 가슴 열다
오색빛 꽃 무더기가
무지갯빛 꿈이다

4
살포시 내려앉은
보랏빛 짙은 이별
그리움 달빛 아래
하얗게 불태우다
삼켜야
하는 애절함
내 안에서 머문다

잠 못 이루는 밤

불편한 마음으로
잠자리 들어서니
생각이 왔다 갔다
머리가 복잡해라
하얗게
지새우는 밤
서럽도록 아프다

그대의 흔적 찾아
여기저기 바쁜 걸음
그리움 남겨놓고
어디에 숨었을까
밤새워
찾아 헤매도
숨어버린 그대여

연꽃(1)

넉넉한
둥근 초록
촛불을 받쳐 들고

가슴에
담은 기도
내 님의 고운 발길

애타게
기다린 마음
꿈속에서 만날까

충전의 시간

생기 잃은 몸과 마음
햇살에 펼쳐 놓고
위로의 시간 찾아
발걸음 내려놓다
앙가슴
파도 소리에
토해내는 서러움

다정히 들려주는
파랑의 얘기 소리
부서진 마음 하나
다독여 안습니다
저 멀리
그리움 하나
스멀스멀 안기네

코로나를 만나다

하루는 이방 저방
숨죽여 지내다가
온 가족 확진되니
오히려 편한 생활
밥상 앞
마주한 눈빛
우리 서로 응원해

방마다 기침 소리
고통의 앓는 소리
내 마음 아프지만
가족이 더 아프네
지친 몸
일으켜 세워
부엌으로 간다네

독한 약 삼키려면
매 끼니 챙겨야지
아파도 삼시 세끼
꼭 챙긴 나의 마음
이레를
정신력으로
버티면서 살았네

제6부

예쁜 그녀

파도여

비 오면 생각나는
바닷가 예쁜 카페
가슴에 스며드는
하이얀 그리움들
내 마음
파랑을 따라
추억 찾아 나선다

바닷가 모래 위에
그리움 적어놓고
파도에 휩쓸려간
추억의 이름 석 자
부서진
포말을 따라
달려가는 하얀 꿈

해바라기

얼마나
그리우면
하얀 맘 새까만가

낮과 밤
그대 위해
알알이 태운 사랑

오늘도
그대만 봐요
일편단심 붉은 맘

넌 누구니

더위에 지친 마음
설렌 맘 꼬물꼬물
햇살에 한 뼘 한 뼘
사랑이 스며든다
방긋이
웃어주었네
두근두근 설렌다

천천히 알아가자
급한 게 뭐가 있어
조금만 기다리면
서로를 알게 되지
불타는
사랑보다는
바라보는 그 마음

소국

1. 가을 설렘

귀엽게 올망졸망
포올 폴 향기롭다
눈부신 신부 화장
깜찍한 설렘이다
분홍빛
두근거림에
가을 향기 담는다

2. 가을 미소

연둣빛 저고리에
하이얀 무명 치마
단아한 생김생김
순결한 고운 숨결
수줍은
새색시 미소
함초롬히 웃는다

3. 가을 사랑

큰 한숨 들이키면
널 닮아 하 그리워

파아란 높은 하늘
국화향 품어본다

가을과
사랑에 빠진
앙증맞은 네 모습

명강의를 듣고

– 인산 김인수 시인의 강의를 듣고

하루가 기분 좋게
정리가 되는 느낌
지난날 반성하고
앞날을 다짐하네
떨림의
시간 속에서
따뜻한 꿈 담는다

가슴속 깊은 감동
진심 어린 따뜻한 맘
젊음을 위한 사랑
무한 긍정 절대 감사
그대의
열정의 노래
함께 불러 봅니다

어느새 나에게도
공감의 시간 속에
따뜻한 가슴으로
꽃밭을 만들어요
온 세상
자기효능감
지혜의 꽃 피워요

뜨개질

고운 임
생각하며
정성껏 마음 담아

설렘을
차곡차곡
사랑을 엮어간다

감사한
고운 인연에
한 올 한 올 수놓다

어느 여름 휴가

칠월에 폭염 속에
초록의 짙은 향기
분홍빛 배롱나무
그늘에 자리 폈네
솔솔 솔
그대의 향기
지친 마음 달랜다

여유로운 여름날
춤추는 잠자리 떼
저 멀리 아지랑이
시샘하며 달려온다
맴맴맴
합창소리에
한여름이 뜨겁다

공원길 그늘진 곳
마음을 내려놓고
옥수수 하모니카
다정히 불러본다
그대의
행복한 웃음
바람 따라 흐른다

물잠자리 사랑

오솔길 들꽃 찾아
쪼르르 달려가면
시냇가 물잠자리
짝지어 춤을 추네
여름날 뜨거운 햇살
아름다운 그 사랑

포르르 날갯짓에
춤추는 이내 마음
풀꽃 위 사뿐 앉은
그 모습 눈부셔라
한 쌍의 화려한 사랑
가슴 속에 담는다

우아하게

세월은
어찌하여
저리도 빨리 가나

싫어도
가야 하는
애달픈 황혼의 길

이제는
꽃향기 따라
느릿느릿 가고파

선물

그 사람 생각하며
오롯이 마음 담다
어떤 게 어울릴까
한 번 더 살펴보고
기뻐할
그대의 모습
그려보며 즐겁다

이것저것 고른 선물
여러 번 어루만져
정성껏 포장하여
내 마음 전해본다
그대도
기뻐할 거야
사랑 가득 담은 맘

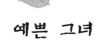

예쁜 그녀

설레는 마음으로
살며시 내딛는 발
두려움 잊은 채로
먼 길을 달려가네
그리운 친구를 찾아
홀로서기 나선다

꽃 속에 예쁜 여인
환하게 웃고 있네
꽃보다 아름다운
사랑을 품고 있네
그녀의 가슴에 핀 꽃
꽃보다 더 곱구나

그대의 고운 웃음
내 마음 활짝 피네
꽃중에 꽃 사람꽃
행복한 여인이여
고마워 행복한 동행
나의 친구 민정아

코로나 백신 접종

두려움 하나 없이
병원에 들어서니
주위의 지인들이
내 걱정 많이 하네
딸내미
죽 끓어놓고
마중 나와 반긴다

코로나 예방접종
덕분에 푹 쉬었네
건강한 모습으로
출근길 경쾌하다
틈틈이
운동 열심히
건강하게 살아요

너도나도 안부 전화
고마운 마음 읽다
걱정해 주신 덕에
무탈한 일상생활
든든해
넘치는 사랑
잘할게요. 내가 더

발톱 손질

얼굴도 예뻐 예뻐
마음은 더 예뻐요
고사리 예쁜 손길
엄마는 신이 났네
우리 딸
솜씨 자랑에
깜짝깜짝 놀란다

피곤함 잊은 채로
끝없는 엄마 사랑
못난 발 곱게 곱게
예쁘게 단장하네
고마워
예쁜 그 마음
천사 같은 내 사랑

구름 가족

파란 하늘 보면
가슴이 설렙니다

엄마 구름 아기 구름
어디로 가는 걸까

사뿐히
바람 타고서
아빠 구름 만나요

싱싱싱 바람 타고
그리운 가족 품에

행복한 구름 가족
한 곳에 옹기종기

서로의
마음 기대어
행복 여행 떠나요

짝사랑

동그라미 그려놓고
눈코 잎 하얀 미소
보고픈 그대 얼굴
마음도 그립니다
눈가에
살짝 선 그림
웃는 얼굴 되지요

따뜻한 마음으로
그 사람 다가오면
설렌 맘 두근두근
들킬까 두려워요
혹시나
환한 미소가
알고 있나 봅니다

종자와 시인 박물관

그곳을 향하는 맘
친정 갈 때 그 마음
이것저것 챙겨가서
글벗과 나눔하고
포근한
고향의 향기
추억 속에 물들다

들뜨는 마음잡아
손꼽아 기다린 맘
힘들 때 쉬고 싶은
정겨운 고향의 집
친정집
오라버니랑
누이 동생 만나요

여름날의 추억

녹음이 짙은 여름
산으로 떠나보자
개울가 발 담그고
노래도 불러보자
시원한
매미의 합창
바람 타고 달린다

시원한 수박화채
무더위 씻어내고
송사리 물길 따라
춤추며 올라온다
아이들
고무신 들고
송사리 떼 쫓는다

한가득 물고기가
고무신에 담길 때면
아이들 웃음소리
추억의 노랫소리
팔월의
초록 숲 그늘
석양 담고 웃는다

보고 싶은 아버지

눈앞에 아른아른
당신의 웃는 모습
깊은 맘 깊은 뜻을
그때는 몰랐을까
한없이 보고픈 마음
지워도 또 그립네

좋은 것 맛난 것은
자식들 몫에 두고
괜찮다 하시면서
웃으며 바라보네
그 마음 왜 몰랐을까
후회한들 어이해

조금은 알 것 같은
당신의 그 마음을
고운 옷 맛난 음식
대접할 수 있건만
불효자 부르는 소리
흩어지는 메아리

봄 처녀

묶었던 두툼한 옷
훨훨훨 벗어놓고
봄 내음 폴폴 나는
동산에 살풋 앉아
한 송이
향기를 담아
봄꽃으로 피었네

꽃처럼 아름답고
빛나는 향기로움
꽃잎은 날개옷에
눈부신 벚꽃 웃음
설렌 맘
산골 봄 처녀
부푼 가슴 터지네

꽃 마실

사부작사부작
꽃눈이 열린 소리

사랑을
가득 담은
가녀린 여인 향기

봄비에
함초롬 목련
남실남실 꽃 마실

그대라는 꽃

고마워 고마워요
따뜻한 당신 마음

당신이 함께하니
나는 참 행복해요

언제나
내 가슴에는
그대 사랑 가득해

사랑해 사랑해요
내 마음 알고 있죠

오롯이 그대 위해
뜨거운 마음 하나

그 행복
가득 담고서
함박웃음 웃어요

□ 서평

글빛으로 따뜻함을 빚은 글꽃
- 이명주 시집 『커피 한잔 할까요』

최 봉 희(시조시인, 평론가, 글벗 편집주간)

시조는 우리 민족의 유일한 정형시다. 오랜 세월 국민적 지지와 사랑을 받으면서 겨레의 마음을 담아왔다.

시조는 단시조와 연시조로 분류된다. 연시조는 두 수 이상의 단시조가 모여서 이루어진 형태다. 이는 2016년 12월 15일에 사단법인 한국시조협회 이사장 이석규를 비롯한 관련 5개 단체에서 시조 명칭과 형식 통일안을 마련한 바에 그 근거를 둔다.

시조는 첫째 정해진 율격 안에서 내용은 자유로워야 한다. 그 때문에 시조를 쓰면 쓸수록 시조의 정체성과 형식미를 깨닫게 된다. 그 열쇠는 바로 시조의 기본 율격을 지키는 데 있다. 시조의 가장 아름다운 구조는 초장 3 / 4 / 3 / 4 중장 3 / 4 / 3 / 4 종장 3 / 5 / 4 / 3의 기본 율격이다. 3장 6구 43자로 이루어져 있다. 이는 간결미, 절제미, 압축미, 형식미를 갖춘 아름다운 단시조의 품격이라고 할 수 있다.

시조는 기(起), 승(承), 전(轉), 결(結)의 순으로 전개되며 삼장육구(三章六句)의 구성을 이룬다.

● 起(기) : 初章(초장) 一句(일구)와 二句(이구)
그대 향기 그윽한 곳 알콩달콩 이야기꽃
● 承(승) : 中章(중장) 一句(일구)와 二句(이구)
상기된 붉은 얼굴 오롯이 당신 생각
● 轉(전) : 終章(종장) 一句(일구)
그대여 그리움 담아
● 結(결) : 終章(종장) 二句(이구)
커피 한잔 할까요
– 시조 「커피 한잔 할까요」 첫수

시조는 기계론적 형식과 형이상학적 미학이란
두 가지 중심축이 존재한다. 전자에 충실하면 정
형적인 시조가 탄생하는 아름다운 운문 구조라
할 수 있다. 후자에 충실하면 철학적 사유가 담
긴 창조적인 시조가 탄생한다. 둘 다 충실하면
가장 이상적인 우리 고유의 시조가 빚어지는 것
이다. 그 때문에 시조는 전통의 기본 율격을 지
키면서 우리 민족의 정한과 시대정신을 담아내
야 한다.
둘째로 시조는 경험과 감성을 담은 쉽게 쓰는
글이어야 한다. 머리로 쓰는 시조는 좋은 글이
아니다. 이는 의도적으로 독자들에게 작가의 현
학적 식견을 자랑할 의도로 글을 쓰면 결코 안
된다는 의미다. 물론 쉽게 글을 쓰면서 비슷한
내용을 반복한다면 그것은 올바른 창작 태도가
아니다. 이는 시조를 독자들에게 멀어지게 하는
일이다. 다시 말해 시조의 품격을 떨어뜨리는 일

인 것이다.

셋째로 시조의 제목과 주제는 좋은 시조를 결정하는 중요한 단서다. 아픈 조개가 진주를 품는다고 했다. 자유시가 넘나들 수 없는 압축미와 형식미로 빚어낸 진흙 속의 진주가 바로 시조인 것이다.

그런 면에서 이명주 시인이 빚어낸 시조집은 남다른 그 의미와 가치가 담겨있다.

이명주 시인은 2021년에 계간 글벗에서 등단하여 첫 시집 『내 가슴에 핀 꽃』을 출간한 바 있다. 이번에 출간한 작품집이 바로 시조집 『커피 한잔 할까요』다. 어느덧 2년 사이에 600편을 넘는 시조 작품을 썼다. 놀랄만한 창작 태도다. 매일 하루에 한 편 정도의 시조 작품을 창작한 셈이다.

그렇다면 이명주 시조의 특징은 무엇일까? 필자가 분석한 몇 가지 특징을 말하고자 한다.

첫째 시조의 정형성을 제대로 지키면서 형식미를 갖춘 진정한 시조를 썼다는 점이다. 필자의 경험에 의하면, 시인은 시조의 틀 안에서 잘 움직였을 때 진정한 희열을 느낀다. 2년 전, 처음으로 이명주 시인이 시조를 접했을 때 시조의 형식에 대해 많은 부담과 힘겨움을 토로했다. 한마디로 시조 쓰기가 참 힘들었다고 말한 바 있다. 그러나 시인은 얼마 가지 않아서 그 부담감에서 벗어난 듯하다. 이는 그 안에서 활달하게 새로운 시어를 만나고 다양한 독서를 통해서 시

어를 갈고 닦기를 반복한다. 바로 우리말에 대한
탐구와 언어의 의미를 찾아서 천착(穿鑿)하기
시작했기 때문이다. 그리고 자연스러우면서 고급
스럽게 시조 정형을 다져 넣는 것이 시인의 역
할이라는 것을 점차 깨닫기 시작한 것이다. 한마디
로 자신만의 시조 찾기에 열심히 노력한 결과다.

하루도 쉬지 않고
글 사랑 품으시고
언제나 같은 시간
그대를 만난다오
붓끝에 큰마음 담아
하늘 위로 날지요

글 마음 나래 펼쳐
글꽃이 피어나면
환하게 고운 미소
감사히 바라보네
정성껏 가꾸어 핀 꽃
눈부시게 빛나요

하찮은 나의 글말
그대의 사랑으로
희망을 감싸 안고
힘있게 날아보네
훨훨훨 꿈의 날갯짓
글빛으로 피었네
– 시조 「글빛으로(1)」 전문

시인은 일정한 시간을 정해 놓고 시조를 쓰는
듯하다. 그리고 자신의 시조 작품이 완성되었을

때의 그 성취의 보람을 '글빛이 피었다'고 말한다.
 시조는 반드시 율격에 기대어 창작하여 율격의
정형성을 구현하여야 한다. 왜냐하면 시조가 낭
독의 자료이며 운율감을 형성하는 미적 장르이
기 때문이다. 그래서 시인은 시조를 창작한 후에
반드시 시조를 낭독하는 자세를 가져야 한다. 시
조의 운율을 몸으로 느껴야 한다. 시인은 나름대
로 부드럽게 읽어가는 자연스러운 언어의 흐름
을 깨달을 수 있기 때문이다. 그래서 시인은 시
조의 형식을 어떻게 살려 나갈 것인가가 고민하
고 탐구하면서 설계도를 그려야 한다. 그 때문에
율격의 언어를 끊임없이 탐구해야만 한다.

        글 쓰는 재미 찾아
        그대를 따라가요
        사랑의 글말 풀어
        희망을 채웁니다
        글 나눔 우리의 행복
        아름답게 벙글다

        생각을 바로 모아
        글말에 담고 보니
        글 속에 행복 있고
        지혜도 배웁니다
        나는요 날개를 펴고
        꿈을 찾아 날아요
        - 시조 「글빛으로(2)」 전문

 이명주 시인의 아호(雅號)는 '글빛'이다. 아름다
운 우리 말글을 살려 빛을 내라는 의미이리라.

시인은 어느덧 600여 편의 시조 작품을 쓰면서 글 쓰는 재미를 느낀 듯하다. 아름다운 우리 말글을 찾아서 희망을 채우고 행복을 만난다고 했다. 무엇보다도 생각을 바로 모아서 글말을 담으려는 노력이 돋보인다. 그는 시조를 쓰면서 행복도 느끼고 지혜도 배운다고 했다. 그리하여 시인이라는 행복한 꿈을 찾아서 비상하는 것이리라. 이 얼마나 아름다운 일인가?

이명주 시인이 시인으로서 가장 큰 영향을 받은 것은 아마도 연천에 있는 《종자와 시인 박물관》을 방문하면서 일인 것 같다. 그가 쓴 시조 중에 '종자와 시인 박물관'과 관련된 시조가 제법 많다.

발걸음 사뿐사뿐
꽃길만 걸어가요
다정한 웃음 속에
사방을 둘러보면
곳곳에 사랑의 손길
그대 마음 느껴요

사랑을 가득 담고
글 동산 만들어서
글말의 꿈을 싣고
글 나눔 동행하니
고마운 그대의 맘에
씨앗 한 알 심는다

정성껏 가꾼 꽃잎
찻잔에 고이 담아

노오란 메리 골드
향기에 취해본다
그윽한 그대의 사랑
마주 보며 마신다
　　－ 시조 「그곳에 가면」 전문

　시조는 경험과 감성을 살린 글이다. 연천에 있
는 종자와 시인 박물관을 여러 번 찾으면서 시
인의 감성과 철학을 깨닫고 영향을 받은 듯하다.
시조 작품의 대부분이 아마도 종자와 시인 박물
관 관장이신 신광순 관장님을 작품으로 그려낸
듯하다. 어쩌면 그의 씨앗(종자)이 품고 있는 나
눔과 창조적인 정신이 시인을 감싸 안은 듯하다.

　　연천의 산기슭에 흙 내음 품은 씨앗
　　황금빛 꽃물 따라 사뿐히 찾아들면
　　황홀한 메리골드향 감사함에 젖는다

　　시인의 마음 쉼터 글 나눔 희망 담고
　　씨앗에 쏟은 정성 미래의 꽃이 피다
　　박물관 종자와 시인 꿈을 실어 나른다

　　어여쁜 꽃잎 따서 꽃차로 나눔하고
　　다정한 격려 속에 동행의 길을 걷다
　　감사한 당신의 배려 나의 꿈도 커간다
　　　－ 시조 「종자와 시인 박물관에서」 전문

　시인은 종자와 시인 박물관에서 열린 글벗시화
전에 여러 번 참석하면서 그 경험과 인상을 시
조로 표현했다. 그는 그곳을 '시인들의 마음의
쉼터'라고 말한다. 부산에서 연천까지 수백 리

길을 여러 번 오고 가면서 글 나눔의 희망을 담았다고 말한다. 더불어 글 씨앗은 언젠가 미래의 꽃을 피울 것이라고 말한다. 그의 감성과 철학을 심은 시조다.

둘째, 이명주 시인의 시조에는 따뜻함이 담겨있다. 그의 따뜻함이 결국 시조의 유능한 글쓰기로 성장한다. 이 역시 글벗과의 글 나눔에서 비롯되었다.

하버드 경영대학원의 에이미 커티 교수에 따르면 첫인상을 좌우하는 두 가지 요소가 있는데 사람들은 첫 만남에서 따뜻함과 유능함으로 상대방을 판단한다는 것이다. 이 가운데 더 중요하고 우선하는 것은 따뜻함으로 먼저 신뢰를 얻어야 비로소 유능함에 대한 평가가 이뤄진다고 했다. 그런 면에서 이명주 시인은 따뜻한 시를 쓰는 시조시인이다.

파아란 하늘 보며
하하하 웃고파요
당신도 나를 보며
허허허 웃어줘요
따뜻이 바라본 눈빛
태양처럼 빛나요

당신은 매일 나를
지켜봐 주실 거죠
어떻게 살고 있나
걱정은 하지 마요
파아란 희망을 찾아
꿈을 꾸며 살아요

자상한 당신 모습
　　언제나 내 편이죠
　　조용히 바라보며
　　하이얀 미소 지어요
　　오늘도 보고 싶어요
　　사랑하는 아버지
　　　－ 시조 「당신이 그리울 때」 전문

　이 시조는 돌아가신 아버지를 그리워하는 마음
을 담았다. 늘 따뜻하게 자신을 바라보았던 아버
지에 대한 그리움 속에서 그 따뜻함을 배웠고
글로 표현했다. 그의 시에 등장하는 시어 중에
'따뜻함'을 담은 시어가 13회 등장한다. 어쩌면
시인은 아버지의 따뜻함이 그리웠는지도 모른다.
차를 마시면서도 꽃을 보면서도 시인은 늘 따뜻
함을 말한다.

　　따뜻한 그대 체온
　　마음에 전해 오면
　　설렌 맘 올랑올랑
　　임 향기 피어나고
　　마주한 그리움 하나
　　내 마음을 열지요

　　향기를 모아모아
　　그리움 불러오고
　　찻잔에 비친 얼굴
　　발그레 피어나면
　　달콤한 임의 향기에
　　스르르르 잠들죠
　　　－ 시조 「차를 마시며」 전문

시인은 시를 쓸 때마다 따뜻한 차를 마시는 듯
하다. 늘 가까이 차를 통해 자신의 감성을 담금
질하고 가다듬는 듯하다. 차를 마시면서 글 쓰는
습관이 있는 듯하다. 그래서 그의 시조에는 커피
와 차, 그리고 꽃이 자주 등장한다.

> 하늘빛 넓은 사랑
> 꽃처럼 예쁜 마음
> 오색빛 지혜 담아
> 따뜻이 보듬으니
> 봉오리 활짝 꽃피워
> 알찬 열매 맺었네
>
> 그리움 품은 가슴
> 글로써 풀어내고
> 당신의 힘찬 응원
> 마음에 빛이 되어
> 감사의 카네이션꽃
> 마음 담아 드려요
> - 시조 「카네이션」 전문

시인은 감사의 마음을 시와 꽃으로 따뜻하게
표현한다. 얼마나 멋진 표현인가. 이전에는 꽃으
로만 감사의 마음을 표현했다면 지금은 글로써
감사와 사랑을 표현한다. 그 감사가 카네이션으
로 승화되어 글로 표현되고 빛을 발하는 것이다.
사람을 만나도 따뜻함을 드러낸다. 글을 써도
시인은 따뜻한 감성을 표현한다. 그래서 그의 시
에는 감동이 있고 깨달음이 있다.

햇살이 눈부신 날
설레는 봄의 향기
그리운 임을 찾아
먼 길을 달려왔네
그대의 웃는 모습에
봄꽃으로 물드네

그대가 반겨주니
설렌 맘 두근두근
서로가 나눈 약속
달콤한 눈빛으로
따뜻한 우리의 사랑
마음으로 꽃 피네
- 시조 「그대에게 가는 길」

필자는 기회가 있을 때마다 솔직한 글을 쓰라고 말하곤 한다. 글은 투명해야 한다. 가식과 꾸밈이 없어야 한다. 아는 '체'를 하거나 아는 '척'을 하지 말아야 한다. 글이 곧 그 사람이기 때문이다.

무엇보다도 글 속에는 읽는 사람을 위하는 작가의 마음이 있어야 한다. 글을 쓰기 위해서 얼마나 공을 들이고 정성을 기울이느냐가 관건이다. 그래서 시 쓰기가 그리 쉽지 않다. 아무나 할 수 없는 일이다. 사실 정성껏 글을 썼다고 하더라도 읽는 이가 아무것도 얻지 못했다면 그 시는 좋은 글이 아니다. 그래서 시에서 용기를 얻거나 새로운 지식이나 정보를 얻을 수 있어야 한다. 또한 새로운 관점이나 통찰을 떠올리든가 아니면 재미라도 있어야 한다.

이명주 시인은 그런 면에서 솔직한 글을 쓰기에 그의 시에는 따뜻함이 담겨있는 것이다.

셋째, 이명주 시인의 시조에는 그리움이 자주 등장한다. 총 35회다. 친구와 부모에 관한 이야기도 있고, 추억이 담긴 그리움도 있다. 늘 그리움을 고향의 모습으로 그려내고 있다. 어쩌면 나이가 들면서 추구하는 외로움을 그리움으로 승화시키는 것은 아닌가 싶다.

들판에 꽃이 피고
시냇가 맑은 물빛
그늘진 나무 밑에
돗자리 펼쳐 놓고
친구와 추억 이야기
하루해가 저무네

졸졸졸 물소리에
새들의 노랫소리
시원한 바람결에
춤추는 나뭇잎들
어릴 적 소풍 가던 길
그리워라 내 고향
- 시조 「친구」 전문

시인은 어릴 적 고향 친구들을 정기적으로 만나는 듯하다. 그곳도 오래전 추억이 담긴 고향 마을을 찾는 듯하다. 친구들과 함께 뛰놀던 그 공간을 찾아서 함께 추억을 나누고 그리움을 나누는 듯하다.

산 위에 올라서서
사방을 둘러보니
초록빛 사이사이
찔레꽃 하얀 물결
고향길 산모롱이에
그리웁게 피었네

봄에는 산에 들에
친구들 손을 잡고
논두렁 밭두렁에
냉이랑 달래 캐면
엄마 손 된장국 끓여
행복 밥상 받지요

꽃 피는 5월에는
울 엄마 그리워라
오일장 나가셔서
스타킹 주름치마
고운 옷 입혀 주시던
사랑 노래 그리워
– 시조 「5월의 추억」 전문

그리고 그의 시에는 돌아가신 부모님이 자주
등장한다. 그만큼 그의 시에는 그리움이 가득 담
겨있다. 어느덧 시인은 육순을 지나는 나이가 되
었다. 아마도 그럴 것이 삶에 지쳐서 본향을 찾
는 듯하다. 시조 작품에 외로움의 본질을 그대로
담아 그리움으로 표현하고 있는 것이 아닌가 싶다.

추억의 기찻길을
떨리는 가슴 안고
봄맞이 떠나는 별
낙동강 줄기 따라

겨우내 품은 그리움
임 소식에 벙근다

따뜻한 햇살 아래
단아한 연분홍빛
꼭 다문 입술 열어
봄바람 입 맞출 때
떨어진 눈물도 예쁜
봄의 여인 매화여
― 시조 「고향길 순매원」 전문

 따뜻한 고향의 품이 그리웠던 것일까? 시인은
봄을 찾아서 고향길 순매원을 걷는다. 그곳에서
추억도 만나고 그리움도 만난다. 마침내 매화 같
은 봄의 여인이 되는 것이다. 그 때문일까? 시인
은 독자들에게 오늘도 그리움을 묻는다. 그 그리
움으로 우리에게 권한다. 우리에게 흘러간 추억
아스라이 펼치는 시간, '커피 한잔 할까요?'

그대 향기 그윽한 곳
알콩달콩 이야기꽃
상기된 붉은 얼굴
오롯이 당신 생각
그대여 그리움 담아
커피 한잔 할까요

달콤한 너의 입술
내 입술 닿을 때면
그대는 내 마음을
더욱더 그립게 해
우리의 흘러간 추억
아스라이 펼친다
― 시조 「커피 한잔 할까요」 전문

이상에서 이명주 시인의 시조 세계를 살펴보았다. 다시 요약하면 첫째, 그의 시조는 정격시조의 운율을 추구하면서 시적 상상력의 자유로움을 추구하는 시조라고 할 수 있다. 둘째로는 그의 시조의 따뜻함이 유능한 글, 좋은 글로 표출되고 있다는 점이다.   셋째는 시에 담긴 그리움이 독자의 공감을 일으킨다. 돌아가신 부모와 멀리 떨어져 만나지 못하는 친구, 그리고 고향과 이웃이 그리운 것이다. 어쩌면 이명주 시인이 시를 쓰는 원동력이 아닌가 싶다.

끝으로 그의 세 번째, 네 번째 그리고 열 번째 시조집이 계속해서 탄생하지 않을까 한다. 그의 열정을 존경하고 응원한다.

■ 글벗시선 162 이명주 두 번째 시집

커피 한잔 할까요

인 쇄 일 2022년 4월 15일
발 행 일 2022년 4월 15일
지 은 이 이 명 주
펴 낸 이 한 주 희
펴 낸 곳 도서출판 글벗
출판등록 2007. 10. 29(제406-2007-100호)
주   소 경기도 파주시 와석순환로 16,(야당동)
         롯데캐슬파크타운 905동 1104호
홈페이지 http://guelbut.co.kr
E-mail juhee6305@hanmail.net
전화번호 031-957-1461
팩   스 031-957-7319
가   격 12,000원
I S B N 978-89-6533-210-7 04810

* 잘못된 책은 바꿔 드립니다.